U0500224

可寄兵笺字

钱冠秋 著

山西出版传媒集团
SHANXI PUBLISHING MEDIA GROUP
山西经济出版社

图书在版编目（C I P）数据

可寄香笺字 / 钱冠秋著. -- 太原 : 山西经济出版社, 2024.5
ISBN 978-7-5577-1292-1

Ⅰ.①可… Ⅱ.①钱… Ⅲ.①诗集-中国-当代 Ⅳ.①I227

中国国家版本馆CIP数据核字(2024)第067872号

可寄香笺字

keji xiangjianzi

著　　者：钱冠秋
出 版 人：张宝东
责任编辑：曹恒轩
装帧设计：怀帅红

出 版 者：山西出版传媒集团·山西经济出版社
地　　址：山西省太原市建设南路 21 号
邮　　编：030012
电　　话：0351－4922133（市场部）
0351－4922085（总编室）
E－mail：scb@sxjjcb.com（市场部）
zbs@sxjjcb.com（总编室）

经 销 者：山西出版传媒集团·山西经济出版社
承 印 者：山西出版传媒集团·山西新华印业有限公司

开　　本：880mm×1230mm　1/32
印　　张：7　　**彩插：**2
字　　数：152 千字
版　　次：2024 年 5 月　第 1 版
印　　次：2024 年 5 月　第 1 次印刷
书　　号：ISBN 978-7-5577-1292-1
定　　价：45.00 元

与柴巍合影

与任资淳合影

柔情诗意还在朦胧之中

/ 介子平

钱冠秋女士的生存状态，与我颇为相像，她在机关工作，我也曾是。生存于一个单位，久而久之便会沾染上这里的习性，别人难以融入这个圈层，你也难以跳出这个圈外。然无论哪个圈层，皆不妨碍自己的爱好与追求。

钱女士的爱好在诗歌，写的是朦胧诗，这与我也相像。我的青春季在1980年代，那是个诗的年度，满世界的文艺青年，见面哪能不谈诗。想起当年作诗，真有种“步出东城风景和，青山满眼少年多”的感觉。近日偶将柜底黄叶旧稿翻拭，才知自己已到了只会感慨不会感动、只有哀愁没有愤怒的年纪。而诗的灵感笔法早已涣然冰释、荡然无着了。这倒不全因了生理上的变化，还因诗歌审美的变化，已难以适应之。从单一的抒情，到多元化指向，从语言、结构，到主题、技巧诸多方面，新诗被物质世界悄然改变着。写作者更加注重诗歌的叙述倾向与反崇高主题，更加注重个性化或个人化写作，淡化技巧，弱化抒情。诗的切入角度也更为琐细，注重生活细节，注重情景再现，注重个人感觉，注重小情绪，注重口语化的宣泄和叙述化的表达，注重对当下事物不经沉淀的快速反映，以更迅速和更低层次地反映现实接近生活，更准确、快速、真实、广阔地展现社会经济反映当下生活，也更广泛更深入地接近和吸纳广大读者。近十年里，新涌现出的诗人也不少，面孔很陌生，诗风很新鲜，显示着后继有人的繁荣。自己似乎永远遗失在了那个属于自己的时代。

阅读诗的某种角度，今天无疑越来越难切入，因有一些诗家总往涩里写，往晦里写，以致诘屈聱牙、生硬绕舌的诗风大有僭成主流之势。当年朦胧的李商隐、曲拗的宋祁若与时下这般习气相对视，定会悔不当初为何要开此先河，发此肇端。这已不仅仅是误读没误读的问题。自由的新诗，不但是形式上的极度自由，精神的自由何须以内容上放纵无度的表白来诠释。艰拙拗口、肤泛迂阔的自由，恰恰悖理地限制了阅读者的自由，甚至连产生歧义的自由也被窒息了。有了虚伪冒牌的潜前提，至诚至善何谈，至纯至真何谈，而这对诗又是那么的重大紧要，非同小可。

钱女士的诗，大致分为三类：一则关注爱情者，一则描写亲情者，一则体悟四季者。三个主题，三重维度，孰优孰劣，见仁见智。一切阅读皆误读，这句话似乎更针对于“不达意”的诗。

写得最好的还是关注爱情的情诗，具有女性的视角下的细腻，充满了对爱的怀恋，对美好时光逝去的惆怅。如“独自的夜晚/用手指计算流年/落花的模样/是春天/流泪的惆怅”（《我的爱人》），“余晖褪尽/惨淡地挤出破碎的天空/只可以/忧伤地/看日月星辰漫无目的地轮回/沧桑了岁月/画了个悲凉的手势”（《总会有》），“无尽的言语/只有一句话/在梦里反复沉沦再现/一定要我在来生遇见你/在正确的时间/在我最美丽的时刻”（《荒芜》），“让我们缓慢地相爱/就算命运/虚妄了太多时间/等候着季风/把我年轻的身体风干”（《缓慢》），“想爱你/却无法爱你/只好用风声/把自己包裹起来/隐匿了身影/却遗失了/为你跳动的/心房”（《逃》），“痛/是谁/注定的折磨/穿越短暂的生命/让我/一边追忆/一边遗忘”（《阴谋》），“你是我/不想醒来的梦/荒芜的心/不需要别人懂/让我沉淀/再把一滴泪/安顿”（《我在想》），“想爱一定能相爱吗/我把手伸向春天的宿命/祈求上天成全/在缤纷的花瓣中/降一场风雪的漫天席地/去凝结/彼此视线的偶然相遇”（《想爱》）。寂寞之境，高蹈而恬淡，雍娴而哀艳。苍茫浩渺、寥廓无垠的时空之中，任何事情任何人物皆易碎，皆渺小，尤其那些美好的东西，更是须臾即逝、刹那即失。

亲情永远是善良人的软肋，其诗中的父亲，写出了隐忍沉默，写出了刚毅温柔。如“世间/各种悲苦你都已/为我尽尝/我如何能/不爱你生皱的手掌”（《父爱无痕》），“父亲老了/静默于窗前/眯着眼角的皱纹不发一言//多么希望

/ 老去的是我 / 父亲的手掌没有时光的茧”（《父亲老了》），“与你博弈 / 那无解的残局 / 你的皱纹 / 镌刻岁月的殇”（《残局——写给父亲节》），“你终将离开 / 我不会迟疑 / 留下我徒自衣带渐宽 / 若是沧海终被冰封 / 我将在雪域上追寻 / 谁拨快了一棵树的年轮 / 如同拨快一支离弦的箭”(《重生——致手术成功的爸爸》），“我想要忘记所有 / 正如云朵想要忘记 / 所有的迷雾 / 我只想好好把寂静 / 再参详两遍 / 一遍交给起点 / 一遍交给终点”(《往生——致另一个世界的父亲》)，“来生我愿长成 / 一朵花的模样 / 静静地守候在你的身旁 / 在你的花盆里把美丽绽放”(《一念天堂——追忆我的爸爸》)，“十二月半 / 时光的深处 / 与影子做伴 / 便爱上了夜 / 向天国的父亲诉说 / 我刚刚感叹的流年 / 只一个文字 / 岁月便尘封了 / 记忆的碎片”（《十二月半——忆故去的父亲》），“一行落霞 / 缱绻而来领走画卷 / 夕阳便开始焚烧 / 在七月半的天堂”（《没有父亲的七月半》）。

王鼎钧回忆录《关山夺路》描述战乱时与父亲的一次偶遇：“我和父亲无言相对，多少该说的话都没说，多少该问的问题都没问，多少该流的泪也没流。我们都知道相逢是个奇迹，但是也知道只有一个奇迹不够，下一个奇迹更难、更不可能。我们等待更大的痛苦，更深的绝望，因而陷入致命的疲倦之中。”眼光若无偏见，也会有陈见；思维若无定式，也会有暗示。无论对写作者，还是阅读者，竟成一种默契。袁枚说：“若问随园诗学某，三唐两宋有谁应？”此为因别人眼光，改变自己之又一例。

本欲起身离红尘，奈何影子落人间，李白称：“眼前有景道不得，崔灏题诗在上头。”陈见与暗示，皆奈何的影子，只要阅读面足够广，就不难发现，任何佳句、任何典型，皆能找出崔灏的题诗。多少写作者为此绞尽脑汁，欲摆脱之，然就像“人不可能提着自己的头发离开地面”一样，你不可能摆脱自己的影子。

长期以往，悲也诗，喜也诗，行也诗，止也诗，撄激心灵，无需逻辑归因。所谓诗人，诗与人融二为一，高端气息，就此养成。众生戚戚，我也戚戚，若问行期，我也不知。独自在顶峰，目力所及，四郊飒然。天道有常，完成了童年理想；岁月已晚，童年又成了理想。诗是诗人的病历本，里面写满生老病死、情舍断离的疾症，件件无可救药。人生的敏感与伤痛，人性的残缺与悲悯，在诗人身上得以集中呈现，一个住在隔壁的诗人，不会招人喜欢。钱女士的诗集里，写满了她的心绪，那是她的病历。从只关注自我，到关注亲情，从只关注青春，到关注岁月，一部诗集，便是一部心灵史。

诗创作每每是踏入文学途径的初始，诗却是文学中的文学，属高端里的文字。我也曾写诗，却没有资格论诗，因为偶有写作，全是兴趣所致，却不考虑如何谋篇，仅存的一点点“诗学”，也尽是起颔颈落、平仄格律，等等。开元天宝年间事，似乎只能由白头宫女坐聊。诗无达诂。对于钱女士的诗，我只是个阅读者，而非解读者。读这些令人回甘的诗句，仿佛温故了自己诗意青春的形影。青春对个人而言只有一次，是静默中木叶的脆弱零落，对这个世界而言，周而复始，每天都有新芽勃然萌发。青春的眼睛看世界，天空也是大地温和的组合，水也是岸婉约的延伸，所以说青春的眼睛就是诗的眼睛，诗歌就是青春的理由。腕摇金钏响，白马饰金鞍，青春期的男女，本质上都是诗人，但谱写成章者，委实不多。时空虽交错，我还是从这些诗句中，看到了同一时代、不同地域的感动，竟是同一个感动。

钱女士出的第一部诗集叫《可寄香笺字》，我出的第一本诗集名《青灯》，皆属朦胧类别，这一点还相像。

是为序。

癸卯冬至

（序作者介子平先生系山西省政府文史馆研究员，山西省文艺评论家协会副主席，山西省散文学会副会长。）

序言

/ 张志超

冠秋女士邀我为她的第一部诗集写序，欣然答应，但也不无惶恐：一是因为本人长期从事经济学研究活动，对于文艺理论、文学思想、文艺评论等领域的情况很少关注，也知之甚少，生怕多讲外行话，惹读者发笑；二是因为尽管本人业余时间喜读诗词歌赋之类的文学作品，但也仅仅限于古诗词而已，对现代诗，尤其是现代诗中的唯美派、朦胧派诗歌几乎是一窍不通。不过，近日来，认真地读了冠秋女士的诗，有感于其诗中字里行间充斥着的纯粹、唯美而又有夹带着淡淡的哀伤之情，便增加了为其诗集作序的信心。

冠秋女士的诗，文笔凝练、文风婉约、意境悠远，注重诗的观念省略、主题暗示，具有隐约性、多义性，形式自由化、散文化的现代朦胧诗的艺术特色。她将多年来潜心学习中国传统诗词所积攒的心得体会，逐渐融合在自己的诗中，在不限于自由遐想、充分表达的前提下，尽量讲究裁对、隶事、敷藻、调声，在自由体诗歌里融合了古体诗的格律、韵脚、韵味，如此愈发增加了她的诗歌的艺术欣赏价值，除了可读性之外，尚可诵可歌，令人回味无穷。

在诗词创作方面，闻一多先生曾经提出“三美”理论，即“诗的实力不独包括音乐的美（音节），绘画的美（辞藻），还有建筑的美（节的匀称和句的均齐）”。尤其是关于“音乐美”方面，他以下棋来比喻，指出“棋不能废除规矩，诗也就不能废除格律”。闻一多先生的“三美”理论内涵，在冠秋女士的诗作中均有不同程度的体现。这里稍微解释一下，所谓格律，也就是节奏，具有二重属性：一是属于视觉方面的，有节的匀称、句的均齐；二是属于听觉方面的，有格式、平仄、韵脚。一般的现代诗，特别是当代的很多朦胧诗，其作者大多不愿意受传统格律形式的束缚。但是冠秋女士的诗却能够做到，既要遵守格律的“约定”，又要最大限度地自由飞翔。换言之，她的诗既讲究韵脚、语句的均齐，又不拘泥于形式的羁绊；她经常能根据诗歌内容的需要，在平仄、韵脚、句式上灵活运用。这应该属于诗词创作的继承与创新并举，故而她的诗多能体现出新体诗的天马行空，同时融入了格律诗的古风韵味。例如，她在《行者》这首诗中写道：

指缝太宽
时光太瘦
人生虽短
奈何情深

也许

错过了一些事
抑或
错过了一个人

闲来品清风
伫看斜阳红
苍苍原野碧
淡淡入芳丛

期待君入梦
伴我赏星辰
今日银河岸
独自踱疏桐

多希望你是一阵风
吹过之后
无影无踪
可你偏偏是雨
一滴滴从心底
涌出我的双眸

即使阳光不会永恒
你的一切也定格在我的心中

即使你离开我远行
我依然会把花瓣
撒遍你今生的旅程

不难看出，作者在此诗中引入了古体诗的某些表现形式，如诗中的“闲来品清风，伫看斜阳红。苍苍原野碧，淡淡入芳丛。期待君入梦，伴我赏星辰。今日银河岸，独自踱疏桐”。想必读者会发现，这一写法让朦胧诗的韵味更加悠长。

冠秋女士的诗词创作，除了上述特点外，在诗歌内容上，往往与其个人的特殊经历息息相关。我以为，冠秋女士的诗歌创作大约出于两种心态：一是抒发因个人经历中的各种情感事件而发生的感慨、愤怒、忧伤、快乐，以及联想；二是在努力寻求个人生活中的快乐与幸福过程中激发出来的艺术想象予以诗文形式的适当表达。

例如，她在《雨夜》这首诗中写道：

落雨的夜晚
被回忆填涂着温柔
湿掉的月亮
在梦境中开出幽香的花

一片落叶的境遇
不是偶然
是种难逃的宿命

我们是用此身躯
借以相识的灵魂
所以我
奔赴你的今世
约定你的来生

不难看出，该诗整首构思巧妙，如烟如画，寥寥几字，似乎在娓娓道来一段凄美的故事，故事中又填涂了无以言表的悲伤。类似的诗大多会引发有着某种相似经历，或相似生活体现的读者们的共鸣。当然，仅仅作为诗歌欣赏的读者，也不必产生某种惶恐，担心自己解读得不准确，误会了她的诗。

在本诗集中，冠秋女士收录的是她近二十年间所写的为数众多的朦胧诗作中的一部分。她的朦胧诗，在新体诗的固有特点上，继承了古典诗的格律，形成了新格律诗的创作。此外，冠秋女士的诗构思巧妙，短小清新，意境如画。她的诗大多为即兴之作，信手拈来，随性而发，但仔细品味，又发现是苦心孤诣、匠心别具、呕心沥血之作。总之，冠秋女士的诗歌情感细腻、托物言情、温婉唯美，每一首均能显示出文人情怀和高洁志趣，自然洒脱，立意新颖，寓意悠长。

冠秋女士不是职业诗人。她在央企机关工作已有二十余年。她能够在人际关系复杂、工作岗位多变的环境下，淡泊明志、勤于思索、耐得寂寞、恪守初心，用诗歌创作记录自己的生活，用真挚情感谱写岁月过往，当属“世界以痛吻我，我却报答以歌”之人。诗如其人，文如其人，诗歌早已是她生命的一部分。在她细碎的生活中，饱含对事物的热爱、对自然的尊重。

时光清浅，愿不负流年；岁月静好，愿被温柔以待。最后，本人在结束此序之时，将冠秋女士的一首诗作，《写给父亲的情书》，献给热情的各位读者。

你用深重妆点
温暖的渡口
你用岑寂记载
落花的绚丽

当碰上生命的悬崖
你从不退缩
奋力将世界
整个擎起

未曾企及
去诉说有关爱的言语
而
我的心里
只有爱字后边的
你

2023 年 7 月于南开园

（序作者张志超先生系南开大学教授、博士生导师，经济学家，雅好诗词、书法、篆刻，已出版著作 30 多部。）

目录

第二部分　诗歌评论

附录

跋

第一部分

朦胧诗100首

征途

倘若
这世上我从未遇见你
我就会
没有遗憾
没有悲伤

爱是跌撞的曲折
缘是缥缈的青烟
风一吹　就散了

世俗的节拍
跟不上生命的胡琴
当一切
尘归尘
土归土

我的身旁不曾有你
却又
无处不是你

我的爱人

独自的夜晚　用歌声喑哑琴弦
杯口的温度
是唇角　散失的花香
我的梦
如星光般冰凉
一场追忆
一阕忧伤
我老去的爱人
你可知　我的心一直在跟随着你
去流浪

独自的夜晚　用手指计算流年
落花的模样
是春天　流泪的惆怅
我的爱
如云朵般苍茫
一捧清水
一片暗香

我未老的爱人

你不知 此生的长度如何用思念

去丈量

总会有

竭尽全力　难以到达爱的绝对
只可以　忧伤地
看夜晚一寸一寸地落下
变幻了树的影子　填涂出黯然的色彩

余晖褪尽　惨淡地挤出破碎的天空
只可以　忧伤地
看日月星辰漫无目的地轮回
沧桑了岁月　画了个悲凉的手势

迷失在爱的征途
阳光捕捉到失去血色的脸

总会有一个地点
我愿用尽时光　企图靠近
却无法抵达
总会有一个时间

我愿用无上代价　换取永恒

却只能博取片刻的眷恋

对你的记忆

对你的思念

荒　芜

一颗流星
打破冬夜的沉寂
划出不尽完美的弧
隐匿在缓慢的风声之间

我走进自己的惆怅
任思绪挣扎
在往昔与现实的边缘
刻画出痛的模样

无尽的言语
只有一句话
在梦里反复沉沦再现
一定要我在来生遇见你
在正确的时间
在我最美丽的时刻

缓 慢

让我们缓慢地相爱
就算命运
虚妄了太多时间
等候着季风　把我年轻的身体风干

让我们缓慢地相爱
没有语言
从未唱起的旋律
是哀婉的歌　把我融化在音符深渊

让我们缓慢地遗忘
如果幸福　是种奢求
请允许我　在想你的夜
用沉默去记载那看似徒劳的眷恋

让我们缓慢地遗忘
如果幸福　是种遥望
请允许我　在想你的夜
用烛光去照亮那一窗记忆的风雪

别 后

我的世界如一棵静默的树
在等候秋天
让轻柔的风摇落满身寂寞

舍弃了梦境
就枯涩了睡眠
因为在虚幻的幸福里清醒
就会丧失一切

我知道 我将一个人
投入广漠世界
从
没有声息
没有痕迹

我知道 我将一个人
面对地老天荒
看

几场绚烂
几场哀婉

我知道 所有空白的时间
是你
我知道 所有沉默的声音
是我的呼唤

独自 在冬季的叹息中
用满含泪水的双眼
守望
便汪洋了整个天与地

在想你的夜 让我独自哭

当小草

睁开

噙着泪珠的双眼

就隐退了天空的明月

当银河

凋零成

凄冷的寒夜

只剩下风流浪着呜咽

在想你的夜 让我独自哭

泪水比星光冰凉

用荏弱去承载坚强

不需要你的肩膀

在想你的夜 让我独自哭

心碎如落花的惆怅

把记忆挂在窗前

看到思念在孤独中

飘扬

岁末思乡

夜空
借一颗流星
划破了寂静的
黑色

人们
用一支烛火
点燃了岁末的
爆竹

时光追随
逝去的浪涛
悄无声息地卷走又一年的
事故

午夜合琴
品味着孤独

让储蓄了一年的情感缓缓

流出

钟声

回荡在大地上

我用沸腾的血

烹煮满腔思念

泪水是唯一的

调味品

领 悟

秋天本来属于凋零
当萧瑟的秋风
卷起飘落的枯叶
岁月的年轮也走近了
苍老

我如一名溃不成军的乏兵
拖着沉重的盔甲
步履麻木地走在
征途上

落日本来属于沉沦
当微澜的波涛
溶进惨淡的余晖
时光的流逝也度过了
漫长

我曾在耕耘的时节里劳作
秋风抖落了残叶
留给我的果实是
干涩的

黑夜携带着忧郁
吞噬了昏黄
我愿随同落日
隐退在茫茫夜色中 永不
醒来

星和月沉睡在夜的怀抱
当它们醒来时
天空中已诞生了新的
朝阳

蓦然间
我懂了

秋天用它的凋零

换回了希望

而沉沦的昏黄

为了迎来又一次初生的

曙光

几滴象征性的眼泪过后

耕耘的时节里

我不会再错过崭新的

太阳

我宁愿

如果四目相对可以望到爱情的谎语，我
宁愿选择疏离

如果有伴的红尘也会感到脆弱无力，我
宁愿选择一个人孤寂

爱情有时候显得扑朔迷离
卑陋的思想，可以包裹华丽的外衣
情话也许动听，它的灵魂可能肮脏无比
浮华喧嚣的世界，令我困惑不已
爱情的归宿，真的不想刻意过多考虑
很羡慕一片落叶的境遇
可以随风而去

偶然相遇

黑暗
最终吞噬了昏黄
随即夜晚解开了
桎梏
让星光放纵

天空
就变得
生动了

海洋
是热烈的
让天空
降落下来
去静静品味着
每颗星星的故事
或喜或悲

我们
是不同轨道上的
流星
陨落的时候
偶然相遇
却
忘不了
交会时
瞬间的光芒

来不及
感动和回味
梦想连同肢体
在命运的禁锢中
支离破碎

刚刚懂得了流泪
凄婉的啜泣
就被
海洋的咆哮声
淹没

当生命邂逅死亡，我愿生者坚强，逝者安息！

此诗为哀悼四川汶川大地震中，故去的爱过的、爱着的，无论亲情、友情还是爱情的有爱的人们……

去往天堂的路上是否花香弥漫

春风张扬着阳光的色彩
来自汶川大地的震撼
顷刻间
颠覆了秀丽的河川
泪眼迷茫中
断壁残垣

去往天堂之路
默默向你延展
我们的幸福
是五月的荼靡花瓣

没有你的陪伴
我的人生会感到不安
紧紧拉着你的手
抚摸你掌心的曲线
却感觉你的身影渐行渐远

去往天堂的路上是否花香弥漫
那里有没有你梦幻中的家园
你是否还会记得有谁途经你的生命
一个人在天堂
你会不会害怕孤单

在天堂的路口等着我
企盼那一天与你相见
握紧我的手
你是否还会记起
曾经牵手的
温暖

感 动

被太阳的热情
感动了
悄悄地套上枷锁
敛起了漫天的
星光

太阳
被大地的宽容
感动了
轻轻地抚慰着
干涸已久的
广漠

大地
被冰雪的赤诚
感动了
静静地劈开了
封冻多日的
沟壑

冰雪
被小草的顽强
感动了
默默地化成溪流
梳理着饮泣的
绿色

溪流
向往着海的磅礴
说自己是匆忙的
还未来得及
感动过

而那一天清晨
我分明看见了
它用一滴露珠
去溅湿那一朵野花的
眼睛

长路当歌

——献给祖国六十华诞

我们珍藏落花雨露
于时光降落的水中
诠释祖国诞生的壮怀

北斗深重
一去不复的车马
留下森白的堤岸

那些塞上的摇篮
那些马辔銮铃
那些怵目的惊鸿
一幕幕涌进过往的风声

一滴泪落进历史的书页
封缄后的多年

展开这一页

仍然可以感觉到岁月的暗泣

扑灭明媚的张狂

剔除余晖的昏黄

河水的幽深

流淌出母爱的慈祥

紧握母亲的手掌

温暖而坚韧

相拥的臂膀

在血脉相承中

感受到凝聚的力量

暮色无声地袭来

夜晚的疏烟淡雨

使天空的昏暗漫无边际

点燃星辰
让黑暗渐渐隐退
展露出胜利的曙光

那些年代久远的战火
那些披荆斩棘的回音
那些撞击永恒的旋律
都在母亲的胸怀中呐喊回荡

我们早已备好战马
怀揣古老的油灯
在母亲的期盼与注视下
在温良与刚毅的滩头
被浪花溅湿了眼睛

我们拨开沉默的雾霭
与灾难困苦同行
火焰驻扎在母亲的心头
承载着鲜红的血色

我们的手中握着坚强
在广漠的黄土地上
行走出生命之辙

振奋的雷声滚过灵魂的战场
我们目光深邃
留声悲怆
于朝阳蓄势的清晨
让中国伫立在世界的东方

又逢冬季

安顿好一个冬季
在广漠与荒芜之间
纷落的雪花
是凋零的自己

爱的征途
是种孤独的跋涉
没有获得
没有失去

风吟唱着
似曾相识的忧伤
没有欢聚
没有疏离

我用梦
实现沉睡的假想
我用心
把你的今生埋葬

彼 岸

听
花开的孤傲
看
花落的孤独
惆怅的雨水
飘洒
一个人疲惫的征途
有时天真
有时糊涂

听
飘摇的冬天
看
缥缈的雪花
似有还无的
刹那
充斥着寂寞的情话

一半真情

一半狡诈

你

不是

不会是

我的爱人

我的伴侣

你

不懂

不曾懂

我的前生

我的今世

一切的漂泊

是为了靠岸

就像风

停靠在

风的彼岸

幸福的哀伤

月亮的温度
是我此刻飘忽的目光
漫洒
一地温凉

抽取的思念
跳动出来单色的剪影
枯萎在
时间的斑驳上

风声挣脱了夜的
怀抱
不带走
一点星光
用想你的眼睛
流泪
是我幸福的哀伤

逃

想爱你

却无法爱你

只好用风声

把自己包裹起来

隐匿了身影

却遗失了

为你跳动的

心房

夜晚等待

星空的降落

用

璀璨的温良

捏造生活的虚妄

海的磅礴

是浪的哀伤

让
奔流的波涛
恣肆汪洋的疏狂

疲惫
是欢乐的挽歌
巨大的幸福
压抑着巨大的悲伤

我在黑暗中
凝望
视线深处
看到灵魂
无处安放

阴谋

星
是天空收藏的
光明

流浪的思绪
触摸到脆弱的宁静
幸福
是
彼岸的花香

梦
是谁
睡前的阴谋
一定非要你闯进
让我
相遇着你
别离着你

雪
是天空酝酿的
悲伤

孤单的灵魂
感受到现实的虚妄
爱情
是
远处的风景

痛
是谁
注定的折磨
穿越短暂的生命
让我
一边追忆
一边遗忘

我在想

彼时
轻抚你璀璨的微笑
此时
拥抱我孤寂的心跳

隆冬悄然远去
风声之间
听不到
春的味道

三月的花
绽放
温存的眼神
四月的雨
哭泣
流浪的灵魂

守候着掌中的
岁月
看
光阴萧萧落下

你是我
不想醒来的梦
荒芜的心
不需要别人懂
让我沉淀
再把一滴泪
安顿

想爱

想爱一定能相爱吗
我把手伸向春天的宿命
祈求上天成全
在缤纷的花瓣中
降一场风雪的漫天席地
去凝结
彼此视线的偶然相遇

相爱一定能相知吗
我用一滴水反射太阳的
七种光芒
去追随
恢宏的滔天大浪
却被大海的咆哮声揉碎
在等待
一阵朔风的吹散

相知一定能相守吗

多少爱情被婚姻的

黄土掩埋

表情甜蜜 心如荒原

才知道

当容颜不再 两鬓已衰

匆匆流逝的

是自己

不是岁月的悄然

写在六月

六月
风在舞蹈
梦也变得缥缈
云朵中嗅不出时间的味道

阳光炙热的追求下
影子无声妖娆
花朵飞散在迷失的肩膀
洒落一路幽香

拥一场清凉的梦
有你的身影向我奔跑
醒来枕边泪的痕迹
深深浅浅
孤独着六月兀自的逍遥

四月

四月的云
相聚着疏离
我是逐渐下落的灰烟
我是你未曾发现的一次皱眉
你是我转身后的回眸
你是我猝不及防的思念

四月的花
开放到荼靡
我是不曾紧握的时间
我是你记忆中的一丝浅笑
你是我的疼痛与哀愁
你是我无能为力的眷恋

我不愿
在四月的夜

听梦外花落凄然

看河汉星辉斗转

我们在幸福边缘

葬身黑暗

秋季

秋季是叶与树的离别
轻盈曼妙的舞姿
画一段优美的弧线
淡定决绝
毫不流连

秋季
是冰凉萌生在指尖
萧瑟安静地下落到
金色盛装的世界
将快乐与哀愁一同
深埋土地
岑寂无言

秋季
是透明的日光

碾碎记忆的昏黄

让碧落的天空

做一切旧的完结

与新的发端

秋季

我站在幸福的彼岸

回望

一端是火树银花

一端是似水流年

雨夜

落雨的夜晚
被回忆填涂着温柔
湿掉的月亮
在梦境中开出幽香的花

一片落叶的境遇
不是偶然
是种难逃的宿命

我们是用此身躯
借以相识的灵魂
所以我
奔赴你的今世
约定你的来生

父爱无痕

——谨以此诗献给天下的好父亲

今生
你所有的奔赴
都是为我
我如何能
不爱你风霜的面庞

世间
各种悲苦你都已
为我尽尝
我如何能
不爱你生皱的手掌

岁月
拒绝了最后一抹残阳
你说你会把一切

兀自怀念 最终遗忘

却把

我的灵魂

在你心最深处

轻轻安放

蚕

我愿做一只春蚕
把自己的全部包裹在茧中
让所有爱恨情仇隐匿在蚕丝的
缜密之间
美丽又孤独

我在禁锢中守望
你今生的许诺
期待来生的幻化而出
用一双洁白的翅
拥抱你的今生
却能感受到前世
灵魂相依的温度

行　者

指缝太宽
时光太瘦
人生虽短
奈何情深

也许
错过了一些事
抑或
错过了一个人

闲来品清风
伫看斜阳红
苍苍原野碧
淡淡入芳丛

期待君入梦
伴我赏星辰

今日银河岸

独自踱疏桐

多希望你是一阵风

吹过之后

无影无踪

可你偏偏是雨

一滴滴从心底

涌出我的双眸

即使阳光不会永恒

你的一切也定格在我的心中

即使你离开我远行

我依然会把花瓣

撒遍你今生的旅程

皈 依

我

于你

不过是一朵孤单的魂

拥一场寥落的梦

梦醒了

我就是个失爱的女子

皈依于泪

正如

迷途的流星

皈依于无边的

黑暗

两个字

暮色堆烟

花瓣荼靡

无星无月的夜晚

想说

爱你

多情五月

疏风淡雨

穷尽所有言语

把爱字

更替

或者是喜欢

或者是心仪

或者是崇拜

或者是痴迷

沧桑岁月

爱字单一

深埋于我心底的

是

爱字后边

再加上

你

爱与不爱

倘若

不能爱全部的你

我宁愿

选择疏离

云卷云舒

是寂寞

爱的不完整

精神

会寥落

倘若

不能爱你的全部

我宁愿

选择孤寂

花开花落

是绝望

不完整的爱

灵魂

会流浪

老照片

对你的记忆
如花间
幽淡的芬芳
在初次目光的相遇中
悄然绽放

对你的思念
如秋天
凋零的落叶
在暮色堆烟的追忆中
全部珍藏

兀自羡慕飞舞的蝶
可以把对花儿的爱
表达得如此直白
毫不彷徨

而我

只能将对你的迷恋

定格为一张张老照片

投递到你无从曝光的

心房

所有的

所有的启航
都是为了靠岸
所有的情节
都是过眼云烟

所有的分别
都是追忆的开始
所有的相聚
都是初次的谋面

唯有没有距离
才会了断思念
因为只有思念
才觉情意绵绵

加法减法

如果今天的流逝是做减法
那么
昨天的记忆就是做加法

如果温存是做减法
那么
眷恋就是做加法

万物岑寂
我渴望在梦中
永不醒来

就像
杨柳梦见春风
轻柔的拥抱
就像

沙砾梦见溪水

流泪着微笑

与你

以梦沟通

在数不尽的加法减法中

把一生遥望

奔赴

万物岑寂
思念如潮
没有思念的爱情不是爱情
没有爱情的思念不是思念

宁愿舍弃
我几十年的余生
与你携手
奔赴天堂

一起踏上
来生的征途
与你从青春到终老
再到又一场生命的
奔赴

思远人

夏日的月光
幽怨而迷醉
每颗星星的光芒
都散发着思念的
芬芳

流星是苍穹
的眼泪
划过
记忆的忧伤

如同我
在梦里
又一次望见
你深情的
目光

一 切

一切都是梦幻
一切都是追寻
一切相聚都微笑着别离的泪痕

所有的火焰
都为了燃烧
所有的黑夜
都渴望星辰

我把我的心
掏空
装进你的
灵魂

度

我无法停止
追赶的脚步
因为
我奔赴着
你的奔赴

火焰不懂得
水的纯度
有时爱比恨
更难以宽恕

我无法阻止
思念的重复
因为
我仰慕着
你的仰慕

哭

有时是一种幸福

眼睛

却看不到

泪的温度

四季恋歌

春

轻扬着明快的金黄

将你

送到我的身旁

夏

飘飞着忧郁的蓝色

和

我们

一起奔放

秋

飘落着相思的红色

将

我们

眷恋燃烧

冬

咆哮着惨淡的洁白

你却

独自去往天堂

当你走了

我看见
你的身影
连同晨雾一起
隐退

天空
就用一滴
晶莹的露珠
去溅湿
那一朵野花的
眼睛

本以为星光
是夜晚放纵出来的快乐
当你走了
才知道
那是惨淡的余晖

溶进黑暗中流下的
泪水

本以为红叶
是秋天收获爱情的
见证
当你走了
才知道
那是彼此的眷恋
被无奈点燃迸发的
火焰

当你走了
才知道
悲伤是我
拥有的

把储蓄多年的情感
用激情烹煮

酸涩是唯一品出的

味道

当你走了

才知道

回忆是你

留下的

我会把自己的世界

用记忆封存

让我的心跟随你

去流浪

颜　色

忘不了那个
太阳懂得微笑
的春天
是绿色
为我们牵引了视线

随即
夜晚便解开了桎梏
让
星光放纵

曾经在
一滴水中看到过
七种色彩
是共同的日子里
经营出的斑斓

本以为
既然呐喊了誓言
盘点昨天
就可以选择红色
用来封锁
时间

却
在枯叶焚尽了之后
剩下
乌烟弥漫

忘不了那个
天空学会了哭泣
的冬天
是白色
为我们划分了界限

不 是

不是一切情感
都会流失在人心的沙漠

不是当你老了
我对你的爱恋就随之干涸

不是所有浮云
都会接受轻风的宿命

不是当你老了
我对你的思念就变得轻薄

不是所有流星
都会忘记相遇时的光芒

不是当你老了
我追随你的翅膀就此断落

不是所有火焰
只是为了燃烧
不是所有海洋
只能选择沉默

当你老了
我多想穷尽一切
复制一个你
与你一起
看冬去春来
潮涨潮落
哪怕是花飘的瞬间
也不忍错过

江　南

江南三月
莺飞草长
谁在梦中轻叩纱窗
十里长亭
旖旎春光
一抹月色漫撒温良
姑苏城外
乌衣巷旁
声声琵琶低吟浅唱

江南三月
烟雨茫茫
谁在轻抚历史风霜
桑田村庐
林霭苍苍
十面埋伏今人谁唱
月落乌啼

曲调悠扬
谁闯入雨丝的梦想

波光漾
不必金戈铁马
不必举樽邀月
寒山寺晚钟最锋芒

影相望
不必流光翠绿
不必频举琼浆
二十四桥一片暗香

诵一段斑驳的过往
谱一阕江苏的风光
茉莉花开
是一个人间天堂

如　果

如果有一天
你只有独自去往天堂
我会再一次紧握你温情的手掌
将你掌心的曲线镌刻在我滴血的
心房

如果有一天
你只能独自长眠故乡
我会再一次亲吻你风霜的面庞
让我唇角的温度随你的灵魂一起
埋葬

我不会
打搅你的安眠
我更愿
生出雄鹰的翅膀
向你的足迹飞翔

把海水倾倒吧
因为没有你
浪潮只是广漠的虚妄

把星星摘掉吧
因为没有你
黑夜只剩无边的凄凉

把山川颠覆吧
因为没有你
峰峦只有哀歌在回荡

擦掉彩虹
扫除森林
吹走流云
淹没夕阳

因为没有你

一切

都会黯然神伤

我等待

又一次

人生的启航

与你一起

再奔赴另一场

人生的过往

氧　气

我把风遗失了
花瓣不会再飘零

我把月凋谢了
夜晚不再有温情

你把我舍弃了
我无法再呼吸
因为
你是我的氧气
你是我的生命

我想爱得浅一点
可我发现
我已深困爱的围栏

我想偷看你一眼
可这一眼
就把我的余生望断

我可以
删除 QQ
拔掉网线
换掉电话
不再相见

我以为如此
便可以了断
对你的爱恋
却发现
我始终拔不出
通往我心肺的
那看不见的
氧气管

错　爱

夏日的雨夜
荒芜了风
湿掉的月亮
悲戚悄然而生

男人的一夜
是女人的一生
全部的心室
装满与你的曾经

错误的相遇
让爱固执地重生
善良有时是种残忍
承载着命运的孤风

多想纯粹地爱你一生
不计名分
与世无争

但你心里没有我
我的爱
随雨丝凋落成
破碎的余生

不要再说爱我
我懂得真爱的
由心而生

抉　择

假如
我来到这个世界
只可以与你相遇一次
那么
让我们在相聚的一刹那
一边焚尽甜蜜
一边埋葬悲戚
在遗失中
悄然离去

假如
我来到这个世界
只可以与你相遇一次
那么
让我望着你远走的背影
一边不忍流泪
一边只想微笑
在记忆中
慢慢老去

七 天

第一天
雨丝沉醉
八月未眠
我不知道
你在梦中
追寻我们
初次相遇的那双眼

第二天
秋风开始
细数流年
我不知道
你在一隅
偷偷凝望着我的笑脸

第三天
七夕之夜

羞涩明月
你说爱我
直到永远
我的快乐是你的心愿

第四天
我迷失在
你的誓言
心在聆听
你的双眼
我想这是幸福的发端

第五天
万物岑寂
不发一言
你说过往
无法割断
我是天堂而她是人间

第六天

我的青春

又别一年

梦的余温

尚存指尖

是你成全了你的成全

第七天

暮雨初凉

萧瑟无边

荒凉大地

一梦荒凉

难怪

只是感动了自己

却没能感动苍天

思　乡

——答友人王瑞平

有人说
没有故乡的人
不会懂得思乡的酸楚

漫失的记忆
被中秋的月光
串成泣血的珠链
填进撕裂的皮肤

我没有乡土的记忆
也没有记忆的乡土
一定是月的温款
揉碎了夜的乡愁
否则
为什么
我会有酸楚的泪珠

缘

从与你相遇的
那一刻起
我知道
我们曾在五百年前
擦肩而过

看到你的目光
就看到我
前世
终日曳落尘埃的
花瓣凋落

我只是个行走于
尘世间的女子
我无法
成为一个

静坐于莲花之上的

佛陀

我知道总有一日

你与我之间的

悲欢离合

会将我

重重抛弃

于天地的广漠

但我仍然

竭力收集着

与你有关的纠缠

我可以只为

你的记忆

和

记忆的你

去生活

不一定

没有相守
不一定就是
别离

没有回信
也不一定就是
忘记

把我的心
揉碎
修补你的
哀伤

正如
把星星散落

填补夜的

怅惘

有泪水

调和的思念

就是

幸福的征途

叶与枝

如果你是枝
我就是你
枝上的叶子
在天空中
相遇着你
别离着你

七月流火
漫洒了
最后的
一抹温凉

我兀自抗拒着
秋风的来临
竭尽全力地
与你纠缠

终于难逃
别离的宿命
暮色堆烟
我萧萧落下

我知道
我不是戏子
却
在你的故事里
流着我的眼泪

我想
根就是你
于地下的枝

我不忍你的孤寂
我甘愿被

付之一炬
在那个温凉的
月色里

或者
让我在地下
与你相聚
或者
让我化为泥土
等待着
世间的轮回
与你开始
又一场
追随与奔赴

日 记

你炙热的目光
穿透我冰凉的心脏
眷恋你目光的温度
我心猝不及防

用一张华美的纸
写下质朴的文字
你的一切
我尽珍藏

一滴泪
落进纸页
暗泣着时光
若干年后
所有的情节
你可以丢弃
我不曾遗忘

未料

我原本

只是途经你命运的风

在悠长的岁月中

无数个瞬间

是谁的阴谋

与你

轻触面庞

悄然地回眸

却未料

变成你眼中的迷蒙

你晶莹的泪凝睫

我屏住呼吸

不忍心触碰

害怕

从此滴入

无尽的哀愁

我们已经失散太久

我们已经失散太久
以至于
时间的流逝
都显得那样毫无意义
以至于
我向你奔跑
不知是相聚还是别离

走失的云朵在
季风中相遇
流浪的波涛在
海洋中休息

还不能相守吗
从此千山万水
身心皈依

月亮告诉太阳

纵使隔着上亿年岁月的匆匆
我的目光仍只向你
去无限延伸
不停地用思念去丈量
我向你
用尽一生追逐的距离

曾把期许凝聚成瓶里的魔鬼
三千年的等待是我
注定的折磨
被封缄的幸福与哀伤
请别忘了
在美丽的日子去开启

想采你一缕金色妆点我的新房
你可曾嗅到我酒红
浓浓桂花香

好想与你一起被沉醉
却无奈
真正地走进你的圣地

晨曦的相遇还来不及亲吻你
离去的脚步碾碎了
岁月的年轮
我不知还要奔跑多久
你才知道
我这一切只因为爱你

冬季的荷塘

冬季的荷塘
枯叶散尽
白雪苍茫
借一丝月光
我把心事
凝成珠串
悄悄放进
冰冻的河床
只为你那
轻柔的目光

冬季的河床
恢宏不再
清冷凄凉
你一丝浅笑
羞涩太阳

未见珠串

心事成殇

折一缕金黄

刺入眼睛

我的泪冰凉

醉

当你听到
雪地中
缥缈的足音
不要就认定
我便从此远离

当你仰头
去凝望
落雪的模样
你能追寻到
我迟疑的踪迹

你是我今生
本无解的题
把酒觑红尘
我酩酊至极

月光来温酒

西风来劝杯

酒可以不饮

人不可不醉

当我独醉后

梦里皆是你

不一定（外一首）

我知道
感动我的那一簇夏花
不一定感动你

你可曾记起
那一捧馨香的茉莉

我知道
感动我的那一阵清风
不一定
感动你

你可曾记起
那风中竹笛的
哀泣

我知道
感动我的今晚的月亮
不一定
感动你

我在月光中
拾起破碎的
花季

向星河借一支笔
赋一首新曲
上阕相思苦
下阕爱别离

爱未央

轻风
恋上了
玫瑰的暗香
用相思
镌刻在
雨滴的心室
时而欣喜
时而忧伤

而
阳光
却缝合这
零落的芬芳
填补进
轻风的心房
或者清浅
或者深藏

父亲老了

浪淘老了

掬一抔细沙

轻轻收集对沙滩的思念

柳树老了

满枝的萧条

悄悄枯黄了岁月的斑斓

父亲老了

静默于窗前

眯着眼角的皱纹不发一言

多么希望

老去的是我

父亲的手掌没有时光的茧

老去的我

静默于窗前

年轻的父亲带着他的女友

望见年迈的女儿不发一言

遥望一生

孤风淡雨间
零落思念的触角
袅袅烟云中
雕刻相逢的意向

露珠是花瓣
无声的泪
落日是光阴
刻骨的痛

那春花秋月
跌入命运的银河
我用尽今生
把你的来生凝望

感　谢

陨落烟花
黑夜如昼
落雪雕刻
记忆的回眸
雪花拥抱你我发间
我微笑着感谢它
仿佛看见
我们从年轻
走到了白头

歌尽繁华
烟锁重楼
雨丝喟叹
透明的哀愁
雨滴轻吻我的眼角
我啜泣地感谢它
给了我一个
流泪的理由

雨　后

雨滴
是云朵遗失的眼泪
为所有
曾错失过的相遇
去寻找潮湿的心迹

落花
是风儿心碎的声音
被搁浅
在季节的拐角
用残阳的色彩隐匿

琴声悠扬
乐音袅袅
指尖流转
谁的哀伤

淡抹愁云
笔墨留香
提笔无言
落笔未央

只好
借一道虹
把心事写在雨后
云淡风轻的天上

相　遇

你来的时候
我去了
温良的月光
叩击着心门

我来的时候
你去了
漫天的雪花
交错着星辰

用彼此的身体
装进对方的灵魂
怎可以
一丝浅笑埋葬一段情
一滴泪偿还一个人

我

雪花

浅笑

跌入夜的心扉

音符

破碎

凋残旋律的唯美

你的孤独

走进

我的伤悲

从此

一只眼睛为你微笑

一只眼睛为你流泪

静夜思

分别
是一支笔
刻画出彼此的温度

思念
是一把独弦琴
拨动黎明的晨露

你在我心里
藏了一个重洋
我的眼睛
只涌出两颗泪珠

从灵魂里
到落日深处

又一别

我知道
这一别
又只留下追忆
我向白昼
借一片日光
包起用竹笛制成的乐曲
托清风为你捎去
你在他乡
轻风拂面
就会记起
那竹笛的忧伤

我知道
这一别
又只留下追忆
我向夜晚

借一缕星光

串起你和我往昔的岁月

埋进一片玫瑰园

你在他乡

仰望星空

就会记起

那玫瑰的馨香

孤 夜

无言
一支笔
为谁轻点过往的支离破碎

回忆是春草的清香
涌进一颗思情漪动的新

岑寂
两行泪
为谁喟叹一许落寞的灵魂

模糊了那一枕故梦
倔强余下你兀自的芬芳

孤夜
谁断了天桥
远去了争鸣的鼓角
谁在苦叹物换星移
把一曲离殇凝望

又是清明

雨丝轻盈
醉倒在这孤独的尘世
点燃烛火的清香
膜拜一生
灵魂啜泣着离殇
没有挽歌
岑寂无言

星光闪烁
苏醒在这浩瀚的天边
打开尘封的记忆
思绪延绵
层次分明的年轮
不用镌刻似水流年

秋风辞

落花未央

秋风萧瑟

那一被晓风残月

斑驳了记忆的交错

一抹红颜

凭借往昔的温度去雕刻

孤烟淡雨

如水夜色

一支芦苇的思想

吟唱出岁月的离歌

一纸信笺

往事的经纬被灵魂逼仄

残　局

——写给父亲节

月光如洗
琴声悠扬
雨滴如诉
落花惆怅

与你博弈
那无解的残局
你的皱纹
镌刻岁月的殇

你用尊年诱我过河
我用青春赌你宫将

你的棋子左冲右突
横扫我的心室

我的棋子步步为营

直攻你的心房

你为我放弃半壁河山

我推毁我的一座宫墙

重　生

——致手术成功的爸爸

两个节气之间
横贯着生死之门
心灯亮起的时候
白鸽从月影中消失
喧哗的王庭
静坐着青铜的九樽
酝酿着心绪的文字

在迷途中一路探问
陌生的轨迹上
堆满猝不及防的笑靥
东风一直在被召唤
露水从未停止凝结
你的一切充斥着我的记忆

你终将离开
我不会迟疑
留下我徒自衣带渐宽
若是沧海终被冰封
我将在雪域上追寻
谁拨快了一棵树的年轮
如同拨快一支离弦的箭

我们不是
在母亲生我们的那一刻诞生
而是在岁月磨砺中
一次次诞生了自己
命运的每一次劫杀
都使我们重生一次

殇

那夜

本无关风月

酒樽

让岁月纠结

凝望

寂寥的远方

胡琴

羞涩了天下的月光

偷偷撷起

一丝过往

一片暗香中

记忆微漾

岁月

已支离破碎

黑暗

让星际彷徨

愿做

那一位歌者

唱出

彼岸花曲折心肠

缘始缘末

花开花落间

雕琢成了

流年的殇

你的外衣

枯叶飘落
在这深秋
轻轻地划过金色一抹

姹紫嫣红
全部睡去
梦见自己曾经的花朵

华灯初上
交错
我的孤寂
你的单薄

深秋的风
呜咽
我的生活
你的脉搏

月光温良地
散落一地柔和
流星唱起了黑夜的挽歌

我随声附和
用过往的节拍
找回那遗失多年的嘱托

一眼望见
你的外衣
在我的角落

兀自诉说
你的心事
和我的落寞

大雨滂沱
雨滴洋溢着谁的过错
如何不让彼此成为蹉跎
为别人画一幅梦的勾勒

难忘你的眼泪

云是天上的雾
雾是地上的云
云雾弥漫
难见你的憔悴

枝是天上的根
根是地下的枝
盘根错节
难懂你的心碎

星是天上的花
花是地上的星
花瓣飘落
难忘你的眼泪

天　堂

撷三寸月光
漫洒一地温良
拾一片暗香
轻锁季节的忧伤

春天的盎然
写满了秋的凄凉
读书的唯美
刻在哽咽的弦上

相遇了一场花葬
清浅一场花的离殇

这样的岁月里
你不是我的天堂

偶然的江南

你从江南走过
那等在季节里
纯净的容颜
如莲花的开落

望不穿
你目光的温度
我的心
是寂寞的城铺
在青石的街道向晚
跫音惊起余温深处

我从江南走过
是月色温良中
等你的归人
不是匆匆过客

离 殇

花瓣
开到了荼蘼
在季节的一端
旖旎着日光

薄雾
羞涩了的明月
夜淡无梦
几度风雨
徒让镜中
青丝染秋霜

兀自
把心事埋葬
莫问何人
惹下清泪

只为

门前那一盏心灯

照破红尘

在孤寂的夜里

听风清唱

轮回的离殇

往　生

——致另一个世界的父亲

我不曾记起我的来处
正如
今天的星星
不曾记起光亮的心路

我想要忘记所有
正如云朵想要忘记
所有的迷雾
我只想好好把寂静
再参详两遍
一遍交给起点
一遍交给终点

我不曾记起我的归途
正如
今天的星星
不曾记起光亮的温度

一念天堂

——追忆我的爸爸

风清明月的晚上
推开一扇窗
星星就是夜空
深情款款的惆怅

狡黠如水的月光
婀娜着温良
要和往事告别
把痛苦全部埋葬

不再和自己无情的思绪纠缠
不再和自己反复的回忆商量
一念地狱
一念天堂

那不堪回首的梦
落成雨的情殇

那日夜思念的泪
四处漂泊流浪

何必为难自己拿唯一的初心
何必戴着面具在失落中彷徨
一念地狱
一念天堂

我愿把心放逐成
那辽阔的海洋
来承载着你今生
所有的哀伤

来生
我愿长成
一朵花的模样
静静地守候在你的身旁
在你的花盆里把美丽绽放

你烦恼时
为你吐露芬芳

愿你永远把微笑
留在眉间思量

是否
那凋零的花瓣
你已经感觉到
我无以言说心碎的冰凉

是否
失去才会难忘
只有经历过了
才会体会到离别的沧桑

也许前世的我
已经被你深深遗忘
把往事折叠成诗行

也许来生的你
不会记起我的模样
我会吟唱今生的诗
把你的背影深深凝望

心中的江南

疏烟淡雨的小巷
湖水微澜
雾霭如霜
一曲春风羞涩明月
镌刻出梦呓中的江南
落花流觞
最断人肠

花开荼蘼的海棠
丹青弄墨
琴醉霓裳
勾勒出记忆中的江南
一笔空灵
跃然纸上

十里长亭的忧伤
红妆淡抹

几许惆怅

五月未央笛声悠扬

触摸到我心中的江南

古韵流芳

眉间心上

十二月半

——忆故去的父亲

十二月半
枯叶凋落成
哀伤的信笺
随悲戚的风
向天国的父亲
悄悄捎去
我刚刚弹响的琴弦
只一个音符
星星便坠入了
黑暗的深渊

十二月半
时光的深处
与影子做伴
便爱上了夜
向天国的父亲诉说

我刚刚感叹的流年
只一个文字
岁月便尘封了
记忆的碎片

十二月半
想让大海吞没
我的身影
用浪花镌刻
人生的画卷
再用足印落款
在
十二月半

没有父亲的七月半

叶子泛黄
飘落成了一纸信笺
依托着萧瑟秋风
凋零着片片哀伤

一柱焚香
只求梦中握紧父亲
往昔温暖的手掌
夜深处细雨微凉

莫名想象
在天上用云朵作画
再踩下脚印落款
天思量地亦思量

一行落霞
缱绻而来领走画卷
夕阳便开始焚烧
在七月半的天堂

依　旧

雨静静飘落
长亭外
落叶堆积
蓦然回首
那把伞
有淡淡的哀愁

抹不去
心口的朱砂痣
有缱绻的风
泪湿衣袖

高高的楼上
望不穿
落叶下 在雨中 那双眼
等待依旧

下次的长亭
抑或清浅
抑或渺弥
只是哀愁淡淡
依旧

写进孤独

驻足一个人迷恋的山谷
寻觅两颗心可以并行的路
习惯了夜色中兀自的脚步
一颗心回荡在落日深处

一滴滴无依无靠的泪珠
悄然掀起见证誓言的瀑布
最真实的情感昼伏夜出
无须去期待哲人的解读

世界已经寂静
生命俨然止息
将今生所有的喝彩与悲怆
写进孤独

牢 笼

风在奔跑
有形
无形

都在极力挣脱
宿命的牢笼
企图抵达梦的彼岸

牢笼说自己
是风的铠甲
不是灵魂的囹圄
我见到
血液
是凝滞的

孤独
让风吹乱了掌纹

不得不以自己的方式

倾听命运的和弦

刮出

唯一的琴音

如果你说

魑魅魍魉可怕

一定是你

没见过更多人心

坠　落

夜幕降临
空灵
流星是夜
无言的泪
悱恻

因为黄昏
曾有一只风筝
飞向天空
突然坠落
翅膀折断
她寸步不离
伫立在
沉默

仰望天空
因为
在她掌心
梦想从未
坠落

今日春雪

已经是
属于春的时节
雪花悄然而至

雪花
飘洒在天上
如诗
零落在地上
如画

似乎是
冬辜负了雪
迟迟不给它温情的归期

雪则恋上了春的娇媚
让自己旖旎在春天

而春天不解风情

融化了雪

让雪的泪眼婆娑

自己把枝芽抛给了

夏

狠狠伤了雪的一片冰心

写给父亲的情书

你用深重妆点
温诺的渡口
你用岑寂记载
落花的绚丽

当碰上生命的悬崖
你从不退缩
奋力将世界
整个擎起

未曾企及
去诉说有关爱的言语
而
我的心里
只有爱字后边的
你

他　乡

你在他乡还好吗
我走在你的故乡
行也惆怅
停也惆怅

你在他乡还好吗
想给你写封信笺
提笔无言
落笔无言

只看到墨迹
在水中
缓缓晕开
似乎
模糊了我的视线

有印记留在扉页
笑也思念
泪也思念

我们都是时间的过客

随手翻阅
过往的月光
和清风

奔赴
只带走朝阳
和雨露
把沧桑
甩在身后

把枷锁或桎梏
抛出
用以凭吊
深夜的哀愁

归来
皆是经历的勋章

用玫瑰的颜色
诠释生命的沉重

不去告别
不言再见
我们都是
时间的过客
穷尽一生
只画一幅图画

唯有发黄的画卷
和晕散的泪痕
会被铭记
并且封存

不 败

让

相遇前的

一切飘散

宛若纷飞的花瓣

飞渡缥缈的尘世

婆娑的姿态

让

相遇前的

一切云散

宛若落日的嫣红

转瞬即逝的绮丽

余温的豪迈

让

相遇前的

一切星散

宛若七月的银河
低吟浅唱的光辉
终陨落大海

如梦如烟
桑田沧海

你与我
去播种
四季的花朵
用时光去怒放
结出一世
唯一的不败

念

天空
降落下来
让雨把心事
轻轻写在云上

雨降落下来
在屋檐下
忧伤地舞着

枝头的叶
悄悄想起了
昨天随风
远行的花

它们想着

在下一个春天

相见

云作证

雨为伴

谁也不许改变

所　以

我的过往

如梦一场

是冷月岑寂的孤夜

流浪着挽歌的哀伤

你是谁的阴谋

注定闯进我

如今的梦境

像唇角满失的花香

那么猝不及防

我的未来

如梦一场

是爱与情的竭力纠缠

吟唱着情感与理智的激荡

是的 我有爱
就如同
花儿从不拒绝
露珠去溅湿它的眼睛
就如同
天空从不去询问
电光为何划破云的霓裳

因为 这一切
只有去意会
荡涤了言语的苍茫
因为 爱厚重
承载着命运
却载不动我的渴望

所以 我有情
去割掉爱
撕开我心口的皮肤
把你的全部
填进我的心脏

春　天

当不朽的太阳
垂下丝丝惆怅
飞落的雪花
漂白了河床

寒风在悄悄
用
一个声音
啜泣
一场疫情带来
这春天的殇

中国人
共克时艰
与命运博弈
在春天的大地上
闪耀着一种不屈的
光亮

谁来写今年春天的美丽
写一朵花瓣吐露的芬芳
写一棵春草含羞的心事
写一只白鹭在水中哀伤
还有，谁来写
那铺满春色的柳堤

相信
总会有一场花开
用绚丽的色彩
用温暖的词语
走进我们的心房

那时
疫情不再
山川无恙
还祖国一季
花草灿烂的春天
还有那崭新的太阳

老　歌

——致友人关小佳（1）

曾经的旋律
缓缓淌进
断流的河
僵化的心得以复活

风裹着回忆
慢慢吹过
生命之树
从凋敝变得枝叶婆娑

你向晚霞挥手
不再为承诺困惑
既然捧出了幽香
又何必在意秋天的硕果

当岁月斑驳

时光老去

今日唱着往昔的歌

空谷有了回音

苍白变了颜色

一曲终了

每一滴泪都凝成琥珀

遗　憾

——致友人关小佳（2）

相遇是命运
刻意的安排
追逐是蓄谋
已久的执念

秋风惊起落花
我那年的梦幻
是开始的悲欢

曾经
许下唯一的夙愿
雪落的牵挂
就别在春天的缝隙中
留下了甜

曾经
醉卧秋风的笑谈

恰好的欢颜

就这样在泪眼婆娑中

信笺为伴

任流年吹散时间

我没忘记誓言

你欠了岁月一份遗憾

雨夜琴音

——致友人尔一厷

傍晚

闪电

撕裂了天空

雨丝

是云

分别的泪

朔风

挽着惆怅

轻抚瑶琴

如泣如诉

弄一曲

平沙默默兮

离绪可寄何处

千山月

一片伤心碧

长门假期又误

声清凄

朱颜染尘兮

梦中谁懂孤独

且歌且行

几丝薄凉
漫过手指
冷了心绪

放下缱绻
步入时光的巷口
捡拾破碎的情愫

四季轮回
这是生命的定数
也是自然的定数

谁曾
如风拂面
无限怀念
又沉入记忆的底层

当年轮刻上眼角
当岁月漂染银发
消瘦了人生

谁曾
西风斜阳
倾听落花
浅笑低吟思年华

不过都是时间的过客
以心为笺
研墨飘香
且歌且行

第二部分

诗歌评论

书评人： 柴 巍

书评人简介： 天津广播电视台（海河传媒中心）文艺广播主持人

书 评：

以诗为梦，不负韶华

我一直习惯称呼她秋姐，我们是多年的好朋友了。读到秋姐的《可寄香笺字》，我感受到了现代诗歌的魅力，秋姐的诗歌不仅文字唯美，而且蕴含哲思。

借此我想对秋姐说：“读过此书，如见流年！祝愿秋姐，以诗为梦，以梦为笔，不负韶华，再创佳绩。”

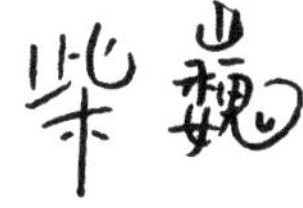

书评人：任资淳

书评人简介：无意义实验剧团主理人，活动策划与文字工作者

书　评：

以诗会友，越来越好，你值得

与作者相识几年来，依然保持着以她在剧团中扮演的第一个角色为昵称的习惯，乃至剧团外的朋友每每提起她，也用这个称呼，虽不足外人道，却倍感亲切。

作者是一个热爱艺术的人，爱唱歌，爱表演，爱朗诵，爱配音，还擅古筝。除了艺术，她对生活、对朋友都有一腔浓重的爱。而反观她的诗集，从每首诗题都能看出来，离绪多，温暖少，更能感受到作者对爱的渴慕，孤独之情扑面而来。人生之中，爱分许多种，作为朋友，她能出书我由衷高兴，她的作品使我惊喜，术业有专攻，我决定对作品不做更多评论，而希望她，除了创作更上一层楼，以诗会友，越来越好。她值得。

任资淳

书评人：李慧平

书评人简介：山西经济出版社副总编辑、编审，省作协会员

书　评：

浅笑低吟度年华

孟子云："颂其诗，读其书，不知其人，可乎？是以论其世也。"在《可寄香笺字》中，年轻的作者，像初绽的芳香，以清丽灵动的笔触，书写着一个忧伤的自己。"可寄香笺字"取自清代纳兰性德《虞美人·彩云易向秋空散》，"归鸿旧约霜前至，可寄香笺字。不如前事不思量，且枕红蕤欹侧看斜阳。"现代学者张秉戍《纳兰词笺注》中评此诗："最后二句的自宽自慰之语，很有'愁多翻自笑'的妙趣，使词情更其深婉透过。" 希望作者取其精华，"且枕红蕤欹侧看斜阳"，早日走出忧伤，浅笑低吟度年华，拥抱美好的明天，如此，在诗词上会有更多的建树。

就诗而言，语言凝练俏丽，如珠玉落盘，形成了自己的特色。形象丰富，虚实相生。如写《岁末思乡》，引入流星、

爆竹、浪涛、琴、钟声等诸多的意象。情感充沛而真挚，让读诗的人深受感染。特色鲜明，清新婉约，可圈可点。假以时日，更多地打磨、练习，相信作者一定会更上层楼。

就作者而言，不是职业诗人，而是一名工程师。在繁忙的工作中，竟然能从习作中选出100首朦胧诗结集出版，能葆有对诗的热爱与追求，特别难能可贵。她以诗的形式寄托精神追求，反映她的理念、志趣、气度、神韵等，表现出了蕙质兰心，给读者以享受和力量，可见，并不是职业诗人才能写就好的诗作，诗作为“六艺之一，群经之始”，当是每一个中国人必备的文化技能。诗集的序作者张志超先生是从事经济研究工作的，这丝毫不妨碍他对诗作的精彩赏析。也因此，作者如果将诗不仅用来记录生活、谱写岁月，还用来谱写职业魅力，那么，诗词内容会更丰富、更有张力，生命力也会更隽永。期待作者有更大的收获。

李慧平

（书评作者简介：李慧平，山西原平人，编审，山西经济出版社副总编辑。中国县镇经济交流促进会理事，山西省作家协会会员。在各大报刊发表文章，出版图书编有《生态文明思想建设文库》等书，著有《守望图书系列》等。）

书评人：宁志荣

书评人简介：中国作家协会会员，著名诗人

书　评：

诗味隽永意境美

好友曹恒轩转来钱冠秋女士的诗集《可寄香笺字》，捧读之下，手不释卷。诗歌是抒情言志的艺术，是对于生活的真情流露，是人生履历的智慧结晶。钱冠秋自幼喜爱诗歌，多年来在业余时间坚持写作，笔耕不辍，得到缪斯女神的眷顾。她的诗歌作为现代诗，无论从诗歌的意境，还是从诗歌的艺术性方面，都取得了一定的成绩，曲径通幽，引人入胜。

刘勰在《文心雕龙》主张文学作品应该："以情为本，文辞尽情。"如何抒情体现着诗歌的高度，任何优秀的诗歌都具有抒情的本质特征。诗歌以情动人，吟咏情性，抒发作者的情怀。人生就是一场情感的修行，我们所处的社会关系，人生中的亲情友谊，无不牵动诗人的心弦，那是情感的碰撞火花，也是亲情的甘露滋润。

钱冠秋生动地描写她与爱人的情感：“一场追忆 / 一阕忧伤 / 我老去的爱人 / 你可知 我的心一直在跟随着你 / 去流浪 /……一捧清水 / 一片暗香 / 我未老的爱人 / 你不知 / 此生的长度如何用思念 / 去丈量”（《我的爱人》）她从一场追忆开始，一句“我老去的爱人”蕴含了多少情感，既有两人一路走来厮守终生的爱情记忆，也有心心相印的爱情流浪，还有唤回青春的爱情期盼。几句简单的诗歌，却道出了对于爱情的痴心不变，念念不忘。

又如她的诗歌《缓慢》：“让我们缓慢地相爱 / 就算命运 / 虚妄了太多时间 / 等候着季风 / 把我年轻的身体风干”有人歌唱爱情，习惯于热烈激情，干柴烈火，而真正的爱情是那样不疾不徐，静水流深，才能到永久。钱冠秋独辟蹊径，却以“缓慢”歌颂爱情的润物无声，尤其是“把我年轻的身体风干”这句诗恰到好处，可谓是“诗眼”，把爱情的海枯石烂描写到极致。单单凭借这句诗歌，就达到写爱情的当代高度，可以使她的诗歌流传。

时间是永恒的诗歌主题。因为生命是由时间构成的，自古迄今的诗人，哪个没有对于时间的感怀？有人说诗人“多愁善感”，人本来就是感情动物，在岁月的长河中，谁也无法摆脱对于时间的感慨，而诗人对于时间的愁绪似乎更多。

钱冠秋写对于岁月流逝的惆怅，诗歌《领悟》写萧瑟的秋风，写年轮的苍老，接着道："我曾在耕耘的时节里劳作/秋风抖落了残叶/留给我的果实是/干涩的"，她甚至有点忧郁，可是接着笔锋一转："蓦然间/我懂了/秋天用它的凋零/换回了希望/而沉沦的昏黄/为了迎来又一次初生的/曙光"是的，凋零中蕴含着"希望"，黄昏之后又将迎来"曙光"。

这让我想起了李白的"君不见高堂明镜悲白发，朝如青丝暮成雪"，李商隐的"日长似岁闲方觉，事大如山醉亦休"，都曾经使我们感慨不已，辗转反侧。时间是什么？这是无数哲人思考的问题，也是无数诗人终生求解的灵魂之问。从相对论来讲，黑洞会造成时空扭曲；从宇宙大爆炸理论来讲，时间开始以前只有一个"奇点"；从平行宇宙理论来说，存在一个"虚时间"。

她的诗歌《我们都是时间的过客》道："随手翻阅/过往的月光/和清风//奔赴/只带走朝阳/和雨露/把沧桑/甩在身后//归来/皆是经历的勋章/用玫瑰的颜色/诠释生命的沉重//不去告别/不言再见/我们都是/时间的过客/穷尽一生/只画一幅图画……"

钱冠秋的诗句十分巧妙，把流逝的岁月比拟为月光和清风，看似简单，却蕴含了人生的酸甜苦辣，风雨兼程。放下沧桑，一切都已不在话下，心里只愿意带走象征生命蓬勃力量的朝阳，用玫瑰的颜色诠释生命的沉重。终归我们不过是时间的过客，一生只画一幅最美的“图画”。这就是诗歌的魅力，似乎不需要写太多，但又包含了人生的各种况味，酸甜苦辣。钱冠秋的诗歌由凋零写到希望，由黄昏写到曙光，由过往到归来，由过客到图画，意象丰富，沉雄顿挫，使诗歌升华为一种对于时间的沉思，对于心灵的启迪，因而她的诗歌具有了形象思维与思想境界的统一，具有了深刻的哲理性。

她写思念：“分别 / 是一支笔 / 刻画出彼此的温度 // 思念 / 是一把独弦琴 / 拨动黎明的晨露 // 你在我心里 / 藏了一个重洋 / 我的眼睛 / 只涌出两颗泪珠 // 从灵魂里 / 到落日深处”（《静夜思》）太多的思念，从黎明到落日，从泪珠写到灵魂，多么感人，尤其是一句“你在我心里”“藏了一个重洋”，把思念推向极致，具有千钧之力。这就是诗歌的魅力，这就是诗歌的独特艺术感染力。

古人谈到诗歌时说：“登山则情满于山，观海则意溢于海。”人们的情感和思绪会与所处的环境相呼应，诗人所见所闻，各种阅历，都可以从中发现美，发现意境，从而扩展自己的诗歌疆域。

浏览钱冠秋的诗歌，她的题材十分丰富，还包括了对于故乡的歌吟。她写《思乡》：“有人说 / 没有故乡的人 / 不

会懂得思乡的酸楚 // 漫失的记忆 / 被中秋的月光 / 串成泣血的珠链 / 填进撕裂的皮肤 /// 我没有乡土的记忆 / 也没有记忆的乡土 / 一定是月的温款 / 揉碎了夜的乡愁 / 否则 / 为什么 / 我会有酸楚的泪珠”每个人都有故乡，都有乡愁，可是，钱冠秋的故乡却是有些“漫失”，有些“撕裂”，她甚至表白自己没有乡土的记忆，可是，从她的字里行间却流露出无比的感伤，揉碎了“乡愁”，还有“酸楚的泪珠”，这种独特的乡愁体验，与诗坛上许多写乡愁的诗歌不同，包含了对于乡土更深刻的反思，收到一切尽在不言中的效果，所谓“不著一字，尽显风流”。

她还写风景，如《心中的江南》：“疏烟淡雨的小巷 / 湖水微澜 / 雾霭如霜 / 一曲春风羞涩明月 / 镌刻出梦呓中的江南 / 落花流觞 / 最断人肠 // 花开荼靡的海棠 / 丹青弄墨 / 琴醉霓裳 / 勾勒出记忆中的江南 / 一笔空灵 / 跃然纸上 /// 十里长亭的忧伤 / 红妆淡抹 / 几许惆怅 / 五月未央笛声悠扬 / 触摸到我心中的江南 / 古韵流芳 / 眉间心上”这首诗歌语言优美，古雅别致，缠绵悱恻，如同展开一幅美丽的江南画卷，描画了疏烟淡雨、湖水微澜、落花流觞、琴醉霓裳，等等，让人想起戴望舒笔下开着丁香花的《雨巷》，结着丁香般的愁怨，想起了柳永的《雨霖铃》，长亭相送，执手相看，烟波千里，都是对江南的万种风情，流连忘返。可以说，读了这首诗歌，我们就等于去了江南，也懂了古今诗歌中的魅力江南。

通读钱冠秋的诗集，我们不难发现诗人对于文学的深厚积淀，对于诗歌的执着追求，不离不弃。《毛诗传》道：“诗者，志之所之也。在心为志，发言为诗，情动于中而到于言，言之不足故嗟叹之，嗟叹之不足故歌咏之。”钱冠秋的诗歌抒情言志，是从心灵深处流淌的生命甘露，充盈生命的激情，寄托对于人生的挚爱，对于生活的深深情愫，对于岁月流逝的喟叹，可以说感之于心，凝之于诗，真情流露，质朴自然，明白晓畅，韵味深长，跃然纸上，可圈可点，意境深远，具有较高的诗歌艺术价值。

宁志荣于存养斋

2023年11月19日

（书评作者简介：宁志荣，笔名拿云、野牧，1963年3月15日出生于山西省万荣县里望村。中国作家协会会员，山西作家协会全委会委员、散文委员会副主任。山西大学哲学系毕业，曾在出版社和国企任职。在山西日报、光明日报、人民日报、法制日报、中国新闻出版报，山西文学、青年文学、上海文学、诗刊、星星、绿风等报刊发表文章；点校整理《白话太上感应篇》《墨子译注》《世说新语译注》《太一丛话》

《洪宪纪事本末》《庄子详解》等书；著有《北方的记忆》《撬开你的心锁》《心想事成》《正力量》《薛瑄传》《皇皇后土》《读庄记》《清廉自守》《东渡河东》等书，在山西古籍出版社、北岳文艺出版社、北京燕山出版社、上海学林出版社、作家出版社出版；曾经获得山西文学散文奖、黄河诗歌奖、赵树理文学奖等。）

书评人：牛青山

书评人简介：书法家、诗人，中华诗词学会会员

书　评：

情深·意妙·诗新

我手捧钱冠秋诗集《可寄香笺字》，浏览过后，反复品读，深有感触，主要有三：

一是情深。钱冠秋这本诗集的诗歌，首首情感充沛，朦朦胧胧之中，总给我这样的印象：在人生旅途中，世间事物，投射到诗人心里，溅起浪花，掀起波涛，倾注强烈而丰富的情感，被记录、放大、夸张，在笔下化作喷薄的滔滔的诗河，流淌在诗笺上，经年累月，形成汪洋诗海，拍打着人们的心灵，使读者随着诗海澎湃而澎湃，而后，对走过的路，经过的事，陷入沉思，仔细梳理，逐步形成成熟的世界观、价值观及其为人处世的法则。至此，诗人便破茧化蝶，翩翩起舞于人世间，大凡深情满怀、语言生动、意象美妙并能引发人们美好联想的诗，便是好诗。钱冠秋的诗就具备这样的魅力。

二是意妙。朦胧诗遭批评的多，受赞扬的少。而对钱冠秋的朦胧诗，在我看来，应予褒奖。好的诗应该“犹抱琵琶半遮面”，而不遮面和全遮面，一个太露，一个太藏，都缺乏艺术感觉。而钱冠秋的朦胧诗，隐方意妙，朦胧得恰到好处，既意象鲜活，引人入胜，又耐人寻味，欲罢不能，是不可多得的朦胧诗佳作。

三是诗新。在当代诗坛，涌动着一股将现代诗歌与古典诗词相融合的时尚新潮，钱冠秋的诗就呈现出新旧诗糅合的形态，给人的感觉是，既自由、鲜活、生动，又典雅丰满，韵味十足，既具有现代诗的潇洒、奔放，又富有古典诗词的音韵美、意境美和形象美，初步形成自由而不散漫、严谨而不刻意的特色。当然，这些诗篇似乎还在艰难求索之中。即便如此，也足可点赞了。

有理由相信，钱冠秋沿着这条诗歌道路走下去，将会具有繁花似锦的未来。

牛青山

（书评作者简介：牛青山，山西长治人，网名闲云野鹤，诗人，书法家，中华诗词学会会员，出版《青山诗文集》。）

书评人：艺文

书评人简介：山西诗词学会会员

书　评：

意境高雅　文辞隽永

诗集《可寄香笺字》评析

钱冠秋女士的诗集《可寄香笺字》就要付梓了，内心充满期待。著名学者、经济学家张志超教授向我推荐了诗人钱冠秋女士的诗集《可寄香笺字》，我闲暇时仔细阅读了这本诗集，感觉是一本好书，有较高的思想艺术价值。

一、朦胧诗的艺术价值

“朦胧诗”一词，源于20世纪80年代初我国诗坛的一场大辩论，是某些同志给一些所谓难懂的诗作起的名。而主要是指“九叶派”诗人和舒婷、北岛等一些青年诗人的作品。它虽然没有占据诗坛的主要地位，但其影响和价值却不容低估。

20世纪80年代末，陆续出版了相关图书。李丽中老师编著的《朦胧诗·新生代诗百首点评》1988年2月在南开大学出版社出版，章亚昕、耿建华编著的《中国现代朦胧诗赏析》1988年4月在花城出版社出版……这些诗集的出版在当时宣传了朦胧诗的作品，在大学生中阅读欣赏朦胧诗蔚然成风。李丽中老师在序中指出："中国传统诗论文字多是悟性表达，容易传达出对审美对象的整体把握和欣赏着原始状态的真实感受。西方的诗歌评论多是理性分析，析理甚为精辟。笔者试图取二者之长，从感觉入手领悟其内蕴，然后从理性上加以点拨，从诗歌美学层次上显示其特色。"

李丽中老师编著的《朦胧诗·新生代诗百首点评》第一次就印了3万册，取得了较好的社会效益和经济效益，特别是大学生们争先抢购，一时洛阳纸贵，为朦胧诗的宣传和普及发挥了十分重要的作用。

笔者曾在1990年5月去李丽中老师家中拜访李老师，向她请教写诗的方法。李老师告诉我："三李的诗有才气！"三李是指唐朝著名诗人李白、李贺、李商隐。因此，诗词创作中，才气很重要。

诗人钱冠秋女士的诗就很有才气。钱冠秋是一位早慧的学生，很小时就能在母亲的教导下背诵诗词。阅读冠秋女士的诗，可以感受到灵气和美感。诗中的灵气是与生俱来的，是天赋，诗歌的形式和内涵启迪思维，蕴含着美感和才气，令人印象深刻。

二、本书作者的艺术成就

本书作者钱冠秋，她的诗文笔凝练、文风婉约、诗意隽永，注重诗的观念省略、主题暗示，具有隐约性、多义性，形式自由化、散文化的现代朦胧诗的艺术特色。她的诗既讲究韵脚与句的均齐，又不拘泥于形式的羁绊；她的朦胧诗，在新体诗的固有特点上，继承了古典诗的格律，形成了新格律诗的创作，给读者以美的启迪。

本书的主体是100首朦胧诗，文笔优美、清新雅致、构思巧妙、意境如画。书中包含9位评论家的评论，高度评价了作者的诗歌艺术成就，并分析了其成功的原因，记录了诗人钱冠秋的成长历程，并给出了较高的评价和期许。总而言之，是一本优秀的诗文集，具有较高的思想艺术价值。

这是钱冠秋女士的第一本诗集，如期顺利付梓了。我们期待着，她的才华得到读者们的承认，她的优秀诗篇为中国诗坛做出贡献，未来可以拥有更多的读者，拥有更多的粉丝，取得更好的社会效益。

三、相关策划和诗歌评论

这本诗集是经济学家张志超教授推荐的。张教授诲人不倦，教授了数万名学生和50名博士生，为中国财政学领域的教育事业和科研事业做出了杰出的贡献。张教授雅好诗文、篆刻、书法等艺术，功力深厚，德艺双馨，是一位令人尊敬的智慧长者。他推荐并策划了本诗集的出版。张先生慧眼识珠，必将是文坛佳话。

本书集中了众多文化人的欣赏和评论。著名学者介子平是中文核心期刊《编辑之友》副总编，著述颇丰，他给本诗集写了序，高度称赞诗人钱冠秋的诗歌创作和艺术价值。著名诗人宁志荣是中国作家协会会员，他在百忙之中仔细阅读了这本诗集，为此写了诗歌评论《诗味隽永意境美》，高度评价了冠秋女士的诗集的思想艺术价值。

山西省作家协会会员、山西经济出版社副总编李慧平百忙中阅读了这本诗集，进行了相关策划，并写了书评。著名诗人、书法家、长治县书法家协会原主席牛青山仔细阅读了这本诗集，写了《情深·意妙·诗新》评论文章，赏析了相关诗文，给予高度评价。

四、对未来的期望

这是钱冠秋女士的第一本诗集，如期顺利付梓了。我们期待着，她继续写作，以自己的才华写出更多的优秀诗篇，为中国诗坛做出更多的贡献，未来可以出版更多的诗集。

诗人钱冠秋多才多艺，创作了大量诗歌，本书呈现给读者的只是她大量诗歌作品中的一小部分。此外，她还长期参加朗诵、配音、唱歌、广播等艺术创作，为社会主义文艺事业贡献了青春、智慧和才华。 这本诗集的出版，是她诗歌创作的一个阶段性成果，其思想价值和艺术成就不言而喻。我们期待着冠秋女士未来创作更多优美的诗篇，相信未来冠秋女士会有更高的艺术追求，会有更高的艺术价值。

艺文

2024 年 3 月 22 日

（书评作者简介：艺文，1990 年毕业于南开大学经济系，山西诗词学会会员。曾在《中国当代思想宝库》《山西统计》《改革先声》《财金贸易》《书香飘过 20 年》《书涛集》等书籍、刊物上和新浪博客《文艺宣传启示录》《科学密码启示录》发表书评、论文 100 多篇，发表诗词 60 多首。与人合作，已出版著作 3 部。）

附录　相关诗文集锦

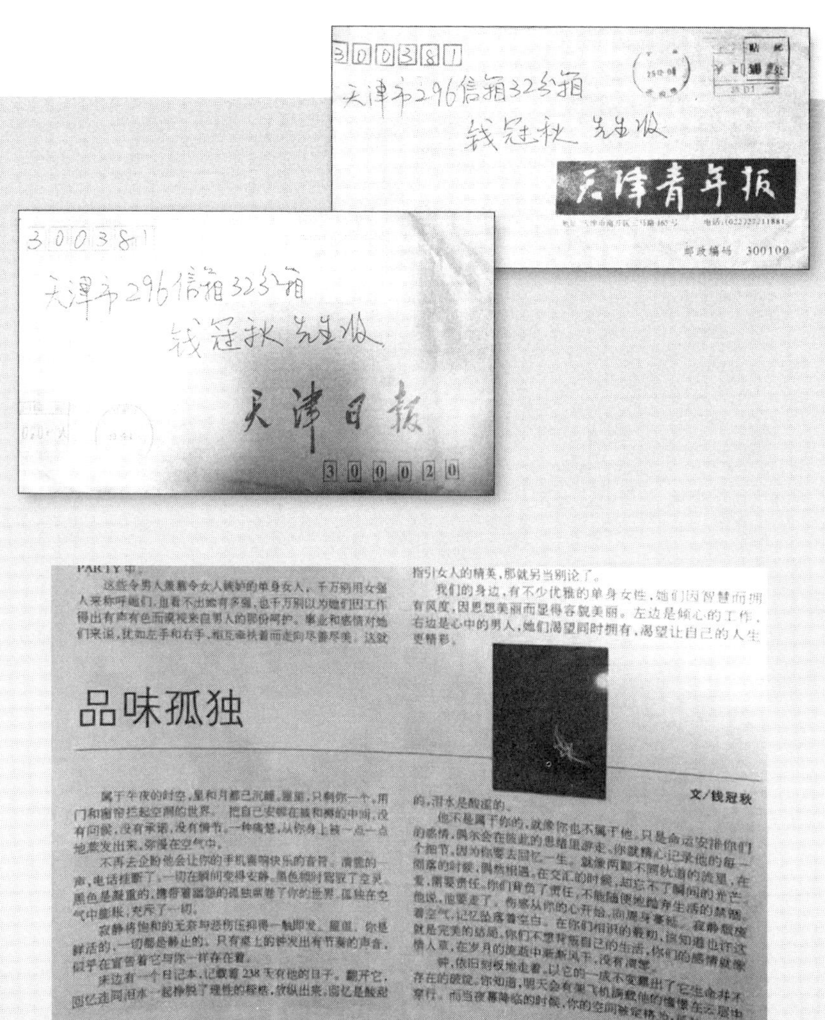

PARTY中。

这些令男人羡慕令女人嫉妒的单身女人，千万别用女强人来称呼她们，且看不出她有多强，也千万别以为她们因工作得出有声有色而藐视来自男人的那份呵护。事业和感情对她们来说，就如左手和右手，相互牵扶着而走向尽善尽美。这就指引女人的精美，那就另当别论了。

我们的身边，有不少优雅的单身女性，她们因智慧而拥有风度，因思想美丽而显得容貌美丽。左边是倾心的工作，右边是心中的男人，她们渴望同时拥有，渴望让自己的人生更精彩。

品味孤独

文/钱冠秋

属于午夜的时空，星和月都已沉睡。蜷缩，只剩你一个，用门和窗帘拦起空洞的世界。把自己安顿在被和褥的中间，没有问候，没有承诺，没有情节。一种痛楚，从你身上被一点一点地蒸发出来，弥漫在空气中。

不再去企盼他会让你的手机奏响快乐的音符。清脆的一声，电话挂断了，一切在瞬间变得安静。黑色顿时驾驭了空灵。黑色是凝重的，携带着蓄积的孤独席卷了你的世界。孤独在空气中膨胀，充斥了一切。

寂静将饱和的无奈与悲伤压抑得一触即发。屋里，你是鲜活的，一切都是静止的。只有桌上的钟发出有节奏的声音，似乎在宣告着它与你一样存在着。

床边有一个日记本，记载着238天有他的日子。翻开它，回忆连同泪水一起挣脱了理性的桎梏，放纵出来，回忆是酸甜的，泪水是酸涩的。

他不是属于你的，就像你也不属于他。只是命运安排你们的感情，偶尔会在彼此的思绪里游走。你就精心记录他的每一个细节，因为你要去回忆一生。就像两颗不同轨道的流星，在闹腾的时候，偶然相遇。在交汇的时候，却忘不了瞬间的光芒。爱，需要责任。你们背负了责任，不能随便地抛弃生活的禁锢。他说，他要走了。伤害从你的心开始，而后寻事端。寂静凝固着空气，记忆坠落着空白。在你们相识的最初，谁知道也许这就是完美的结局。你们不想背叛自己的生活，你们的感情就像情人草，在岁月的流逝中渐渐风干，没有凋零。

钟，依旧刻板地走着，以它的一成不变露出了它生命并不存在的破绽。你知道，明天会有架飞机载着他的憧憬在云层中穿行。而当夜幕降临的时候，你的空间被定格为：孤独。

凝视
无边的沉寂
倾听
如海的孤独
永远不再
有一种瞬间
永远不再
在夜央徘徊

四季恋歌

□钱冠秋

春
轻折着明快的金黄
将你
送到我的身旁
夏
飘飞着忧郁的蓝色
和
我们
一起奔放
秋
飘落着相思的红色
将
我们
眷恋燃烧
冬
飞啸着惨淡的雪白
你却
独自去往天堂

苏冰不知自己是怎么回到宿舍的，下倒在床上，好像再没有一丝力气。刚到慕枫和肖雅在一起亲热的样子，苏冰讶自己居然可以忍住鼻腔里 PH 值远小于气体，而微笑着和他们打招呼，全然不枫尴尬又失望的眼神。她和阿枫彼此爱经很久了，只是谁也没说出来，她一直阿枫开口。可是一个星期之前，阿枫终足勇气，要向她表白时，却被她抢先开两个是一生一世的好朋友。阿枫很痛苦，是接受了追了他很久的肖雅。

楚非冲进来，气急败坏的嚷道：儿，慕枫怎么和……”看到苏冰的样子，刻压低声音，柔声道：“怎么回事？”苏着朋友关切的脸，再也忍不住，扑到楚非怀里大哭。“小非，我……”但是她不能心底的秘密说出来，即使对最好的朋友。

苏冰和楚非是一对好朋友，这一点很奇怪，因为她们两人截然不同。苏冰像朵雪莲花，清纯柔弱，温文尔雅，楚楚人。而楚非则是一朵火玫瑰，明艳动人，明能干，却桀骜不驯，眼高于顶，拒所有生于千里之外。她们却可以很了解对方，非知道苏冰柔弱外表下有一颗坚强的心，冰明白楚非极力掩饰的一腔柔情。

晚上，躺在床上，苏冰想着自己莫可

冬的冷

□袖珍云朵

沐浴在阳光下，该是很美的，就算夏日的骄阳有些过分的热情，毕竟让心儿感觉到温暖，而我为何就在此时，偏偏又倦恋起冬的寒冷？我该是一朵盛开的夏荷，平凡如我，纯洁亦如我，却耐不住等待的寂寞。于是，两片绿油油的荷叶突然翻飞，那是梦中我篷的翅膀，穿

想翅膀已无掩埋在这抖，才发现不惧的荷，薄，抬不起一棵。会不经不起这然故我。一落，终于从

麦子信箱
读者家园

拉开窗帘，天就亮了

钱冠秋

当时光“邂逅”了秋风，让片片枯叶摇曳着升腾了的灵魂，将躯体飘落在大地上，岁月的年轮也走近了苍老。

你又一次从他的世界里剥离，迷惘的穿行在凄凉的夜色中，过渡到自己的世界。

走进屋里，关好门，拉上窗帘，打开灯，孤寂顿时被照亮了。打开电视，也许会有感人的话语；打开收音机，也许会有悦耳的旋律；拨个电话，至少能听到预报天气的声音。你将一切拒绝了，守着充实的孤寂。在你的世界里，只有和他曾有过的亲密与接触，在跳动着单色的剪影。

你知道，他最终会走向万家灯火，所有的承诺都是苍白的。在现实中，根本不会存在你们的世界。他只是偶尔地将思绪在你的身上游走，你就迫不及待地将自己的感情一次次地出卖。你以为奇迹是可以这样诞生的，而你的感情，却总是卖不干净的。那些快乐，不过是鸦片在瞬间迷幻了意志，沉醉之后，便会感到切肤之痛。你知道，你和他的感情就是藤蔓，只能生长在阴暗的地方，见不到阳光，不会成为参天大树，只能匍匐着前行。

你的身边没有水、食物或书籍，你将一切造成情节的因素统统舍弃。你将动作舍弃；你没去睡，所以你将梦也舍弃了。你感到十分不幸又十分幸运。因为，你还可以主宰着自己，感受着切肤的痛楚慢慢地伸向大脑，去唤醒麻醉的灵魂。你一口一口地吞化空气。

你想着，再拉开窗帘，天就亮了。

麦子信箱 读者家园

本周又收到了很多朋友发来的mail，在这里一并表示感谢。我想"读者家园"给大家提供了一个写自己情感故事的空间，但是，我希望所有的来稿都是真实的故事，毕竟我们身边有太多感人的故事，不需要再去虚构了。如果你有真实的、感人的情感故事，用文字表达出来，欢迎给麦子信箱投稿。

当你走了

——钱冠秋

我看见
你的身影
连同晨雾一起
飘进
天空
就用一滴
晶莹的露珠
去溅湿
那一朵盼花的
眼睛
本以为星光
是夜晚放纵出来的
快乐
当你走了
才知道
那是惨淡的余晖
溶进黑暗中流下的
泪水
本以为红叶
是秋天收获爱情的
见证

当你走了
才知道
那是彼此的眷恋
被无奈点燃迸发的
火焰
当你走了
才知道
总你是我
拥有的
把储蓄多年的情感
用激情烹煮
酸涩是惟一品出
的味道
当你走了
才知道
回忆是你
留下的
我会把自己的世界
用记忆封存
让我的心跟随你
去流浪

老"怀"树

每当我静下心来的时候，
潮向我滚来，正是这一棵
到了院子中间的那棵枣树上
树就陪伴着我，它的枝繁叶
的果实，不禁使我对这棵树
情，直到这棵树被院子里的人
它的丰满和它身上的甜枣就
不可消失的记忆了。

我生长在被人们称之为
里，因为这院子有点像北京的
们把这院子俗称是"天津四合
生长在院子的中央。在我童年
子里的小伙伴们手拉着手围
啊……风吹落了树叶，树叶
上、身上，还飘到了院子的各
知有多开心多快乐。到了我
午放学回家，有时趁大人们都
人调皮地拿起棍子去打树上
吃，因为打枣的声响太大总是
只好落得两手空空回了屋里。
熟得通红的时候，我们的院子
老少的嬉笑声，不时还传来噼
们小孩分别拿起水瓢东拣拣西
拣来的枣都放到一个大水盆

忽一日柳暗花明，事情出现转机。且说那天肥儿自家返校，方进舍门便捶胸顿足，呼天抢地道："俺定要减肥！"众"排骨"且惊且喜，纷问其详。

走过四季

领悟

□钱冠秋

秋天本来属于凋零
当萧瑟的秋风
卷起飘落的枯叶
岁月的年轮也走进了
苍老

我如一名溃不成军的逃兵
拖着沉重的盔甲
步履麻木的走在
归途上

落日本来属于沉沦
当微澜的波涛
溶进惨淡的余晖
时光的流逝也度过了
漫长

我曾在耕耘的时节里
劳作
秋风抖落了残叶
留给我的果实是
干瘪的

黑夜携带着沉郁
吞噬了昏黄
我愿随同落日
隐退在茫茫夜色中永不
醒来

星和月沉睡在夜的怀抱
当它们醒来时
天空中已诞生了新的
朝阳
蓦然间
我懂了

秋天用它的凋零
换回了希望
而沉沦的昏黄
为了迎来又一次初生的
曙光

几滴象征性的眼泪过后
耕耘的时节里
我不会再错过崭新的
太阳

天津青年报 Youth Daily

音乐，对事的敏感。不久，
一直没碰到他。听人说，
以买了很多日文CD。
中一对对的身影多了起
兴奋地告诉我们她谈恋
地感受到大学时代也是
楼下的白杨树下，男生呼
后面的如花似玉。同样
是换了不同的名字。
这一切时，我已不再
文字，令我心惊的

大二生活

【我的大学】

■佳　萍

如果说大二上半年的我还浑然不觉，而下半学期则扑面而来措手不及。广播站的站长刘平，其貌不扬的外表下有一颗宽容的心。开始时还很烦他每次例会时唠唠叨叨，后来听人说他从大一就在广播站干，勤勤恳恳，后来干脆搬到站里，不由心生敬意。那天中午，我正在广播室准备节目，他突然推开门，冲我微笑地打了个招呼，然后扫了一眼话筒，便退了出去。我不以为然，没想到，过不久，他竟宣布要离开。还记得他的话："说要离开时不觉得什么，而真的走了，心里还是很难受。"说完他就走了，留下他离去后空荡荡的屋子和沉默无语的我们。不得不做的事叫责任。大三了，要考研，要出国，要找工作。头顶上的天空不再有别人替你撑着，再苦再累也要自己扛，不再有大一时可以任意挥霍时间的自由，放弃你喜欢做的事，你曾经付出心血的事，去面对四处碰壁，去面对千斤重担。鹤网时在球场上疯，在湖边吼，疯出吼出的是不得不面对的沉重。很多学生社团就是在大二下学期解散的。少了一个社团，多了一群朋友，和只有彼此才知晓的青葱岁月和少年轻狂的往事。

最后，我想在大二生活结束时在日记本上写道：珍惜并满足今天的点点滴滴。

【期待佳作　共品芳茗】

■E-mail:tjqnbfk@163.com■

我的一段话：同学们，今天，你们听到了、看到了在一个宁静的世界里，我们亲爱的同学最美丽的真实。也许她的声音不美，但在她宁静的世界里，这声音比那鞭炮声更有威力。她有一双听不见的耳朵，但是那却是一双最幸福的耳朵。这双耳朵会因为听不见流言而不去讲任何人的坏话，所以她永远乐观，永远想象我们的世界很美，想象人类的善良。因为听不见，她可以想象出各种我们不可能想象的声音，而我们永远都摆脱不了现实的印记。因为她世界的无声，她要用眼睛辨别我们的口型来"倾听"我们的声音，那是一种多么具有美丽幻觉感的聆听啊！我们每个人的眼睛都没有她的强大、敏锐，因此她有了一双最睿智的眼睛。也是因为不能听见，她把自己放逐在广博得像星空一样宁静的世界里思考。

独　　奏

【青春树】

■钱冠秋

人的一生，是一个人和一架琴组成的一场独奏。

从我们降临到这个世界，发出了第一声啼哭，就奏响了人生的第一个音符。独奏开始的时候，会有一些人的关注。亲人、老师、朋友及其他的人。

人生如一片丛林，在这片丛林里穿行，生命像飘渺的轻烟，风一吹，就散了。

在这片丛林里，我们开始饱含激情地弹拨每一根琴弦，在每一个音符中注入真诚，始终保持着一种单纯的盼望。时光总会在每一棵树上划上一道道不规则的圈，留下它走过的痕迹。渐渐地，才知道真实的生活往往暗含饮泣，一个无意的眼神，可能会成为另一个人心中的暴风源。在这片丛林中，每弹拨一下就会有风险，就像阴天是日子的风险一样。

生活很美好，也很残酷。有段时间，我生活得很消沉。大把大把地挥霍光阴，再去感叹命运的公与不公。直到有一次我生病了，躺在抢救室，我想可能再也感触不到喜怒哀乐，没有了爱恨情愁，瞬间有一种说不出的空洞。猛然间，身体上有着难以忍受的痛苦，却依旧想握住一丝求生的希望。从此，我理解了那些垂危的人，挣扎的双手和复杂的眼神。我也明白了，必须善待每一天的生活，善待每一次的生命。

因为是独奏，所以很孤单。孤单的时候，就会渴望有亲人，有爱人，有朋友。环顾四周，亲近的人都去往了别处，若大的丛林中竟找不到一个可以亲近的人，这种感觉让人失望。

有人说，生活是一张草图，永远不会成为一幅图画。因为我们不能让一切没有开始，也不能让一切经历过了再重新来过。生活是一段旅途，人是一片羽毛，命运是风。人在旅途中，会随风而起，顺风，逆风，同时起，同时落，全不由自己掌握。

一场与潜意识的对话

——诗集《可寄香笺字》跋

◎东玉林

与本诗集的作者冠秋相识，是在2019年。那时的她在职读着心理学专业的硕士课程，也知道她业余的时候研究心理学。知道冠秋一直在潜心写诗，未料一本《可寄香笺字》如此唯美，意味悠长。

比如下边这首《秋季》，她写道：

“秋季

秋季是叶与树的离别
轻盈曼妙的舞姿
画一段优美的弧线
淡定决绝
毫不流连

秋季
是冰凉萌生在指尖

萧瑟安静地下落到
金色盛装的世界
将快乐与哀愁一同
深埋土地
岑寂无言

秋季
是透明的日光
碾碎记忆的昏黄
让碧落的天空
做一切旧的完结
与新的发端

秋季
我站在幸福的彼岸
回望
一端是火树银花
一端是似水流年”

诗歌与心理学之间，其实有着很深的渊源。诗歌，毫无疑问，属于精神活动，也属于心理活动，“感觉、思想、感情、幻想”为诗歌提供了大部分创作所需，同时，文字与体裁就成了精神活动的反映形式。在我看来，诗歌是作者与自己潜意识的一场“对话”，是自己与自己心灵的沟通。字里行间，作者表达的，正是在潜意识中已经形成而尚未被意识所“知道”的那部分内容。

比如，冠秋在《秋季》这首作品中，我在这短短的四小节中，看到了作者在写自己，有犹疑、有不舍、有决断、有不屈、有抗争、有希冀、有成长。不经意间，我仿佛一个不速之客，在作者的人生历程中，沿着她的足迹，领略着别样风景。一行行的诗句，就是作者的岁月与人生。作者一路走来，崎岖坎坷，但在她的独有的生命体验中，却内心向阳，诉说着不忍忘却的亲情、爱情、友情。冠秋的诗，纯净、唯美，带一点悲情。

再如这一首《父爱无痕》，她写道：

“父爱无痕

——谨以此诗献给天下的好父亲

今生

你所有的奔赴

都是为我

我如何能
不爱你风霜的面庞

世间
各种悲苦你都已
为我尽尝
我如何能
不爱你生皱的手掌

岁月
拒绝了最后一抹残阳
你说你会把一切
兀自怀念　最终遗忘
却把
我的灵魂
在你心最深处
轻轻安放”

从这首作品我可以看到，冠秋当时与其原生家庭之间存在着太多联结，她内心有很多的羁绊、困扰、不舍，甚至于自责。私下我们之间也会运用心理学理论交流她的各种情绪与感受。用心品味这首诗，我想说，这么多饱含深情的诗句，足以慰藉身边的亲人。

轻轻合上诗稿。凝望窗外，隆冬已至，天空辽阔，大地苍茫。我想说，冠秋，未来的路还有很长，所有的历程都是美好的风景。

祝福你！

2022 年 12 月 18 日

东玉林简介：

东玉林，TJ12355 青少年综合服务平台心理专家热线首席；中国心理卫生协会会员；天津高校“经济学”专业教授；河北省楹联协会会员；国家公务员心理健康应用研究中心成员；中科院心理所心理咨询培训项目成员；天津主流媒体“心理访谈”栏目特聘点评嘉宾。